MERVEILLEUX

DISCOURS

EN FORME DE

POT-POURRI.

AVIS DE L'ÉDITEUR.

—

M. Jérôme LEDRU, portier du Collége Royal de Marseille, ne connaissant que moi dans la capitale, m'a fait parvenir, ces jours derniers, en me priant de le faire publier, un Manuscrit contenant les Discours qu'on va lire, Discours que le bon Jérôme admire bien sincèrement, et qu'il a recueillis avec une extrême fidélité, sauf les légères incorrections de style auxquelles son peu d'habitude de l'art d'écrire ne lui a pas permis de faire attention, et que je n'ai pas essayé de rectifier, dans la crainte de faire perdre au récit de mon honnête correspondant, quelque chose de la naïveté qui en est le principal mérite. J'ai seulement retranché, comme inutile et ralentissant la narration, une espèce de préambule dans lequel Jérôme racontait prolixement la réception faite au docte Inspecteur de l'Université. Je prends le Discours de l'Orateur à sa première phrase, déclarant d'ailleurs que je mets au jour ce morceau académique, seulement comme document pouvant un jour servir à l'histoire du temps ; et que je n'attache aux Discours de M. Eliçagaray aucune idée de blâme ou de louange. J'ai appris que M. *Corréard*, libraire au Palais-Royal, avait reçu, par une autre voie, le même Discours : les personnes qui douteraient de la véracité de Jérôme, pourront s'en assurer chez M. *Corréard*.

Il faut pas vouloir
En trop savoir.

MERVEILLEUX
DISCOURS

PRONONCÉS

AU COLLÉGE ROYAL DE MARSEILLE,

ET

RAPPORTÉS EN FORME DE

POT-POURRI;

Par Jérôme LEDRU, Portier dudit Collége.

—◦◦—

A PARIS,

CHEZ LES MARCHANDS DE NOUVEAUTÉS.

—

1821.

Y+

MERVEILLEUX DISCOURS

PRONONCÉS

AU COLLÉGE ROYAL DE MARSEILLE.

PREMIER DISCOURS.

Air : *En attendant.* (Des Bonnes d'Enfans.)

Eɴ attendant que tantôt j'vous sermonne,
Comm' d'ici là, j'craindrais queuque accident,
Vis-à-vis d'vous faut que je m'déboutonne ;
Laissez-moi fair', vous l'aurez courte et bonne,
      En attendant.   (*bis.*)

Air : *En quatre mots je vais vous conter ça.* (N.º 721 de la
      Clef du Caveau.)

Vous autr's, bonn's gens qui n'êt's pas de Paris,
    L'arrêté que nous avons pris,
      Vous n'l'avez pas compris.
    Qu'notre ordonnanc' soit obscure,
      C'n'est pas un grand mal, j'vous l'jure,
Et, comme ici chacun croit au *Pater*,
      Le fait est fort clair.

Apprenez qu'Lucifer
F'ra griller dans l'Enfer
Les mauvais plaisans qu'auront l'air
De n'pas m'croire un grand clerc.

Air : *C'est aussi comm' ça que pense votr' p'tit serviteur.*
(Cl. du Cav., n.° 79.)

Oui, pour moi des lois obscures,
C'est du pain béni :
Avec deux poids et deux m'sures,
J'ai tout d'suit' fini.
Si l'on crie à l'arbitraire,
J'soutiens qu'on a tort,
Et qu'c'est ainsi qu'on doit faire....
Quand on est l'pus fort.

Air : *Voulez-vous suivre un bon conseil ?* (Cl. du Cav. n° 635.)

T'nez, par exempl' si ces bambins,
Vienn'nt à fair' queuqu'tour qui vous blesse,
Comme i' n'faut pas qu'des libertins
S'fass'nt jamais un jeu d'votr' faiblesse,
Punissez, morbleu, punissez,
Tous ceux qui n'vont pas à confesse ;
Et pour en être débarrassés,
Qu'à l'instant même ils soient chassés.

Air : *Tenez, moi, je suis un bonhomme.* (Cl. du Cav., n° 557.)

Mais si l'pécheur, par aventure,
Sait bien son *Benedicite*,

On doit, dans un' tell' conjoncture,
Montrer moins de sévérité.
Afin de n'pas r'fuser la grâce,
Dit's-vous, sans faire tant de train ;
« Allons, il faut qu'jeunesse se passe :
« Puis on n'a pas un cœur d'airain. »

Air : *Pour détruire le genre humain.* (Cl. du Cav. n° 1017.)

Si de son respect pour la loi,
Fallait toujours donner des marques ;
L'joli plaisir qu'auraient, ma foi,
Sur leur trôn' les plus grands monarques.
Eh! dans c'cas, Jérôm' que voilà
Saurait bien fair' ce métier là.

Air : *Vaudeville de Partie carrée.* (Cl. du Cav., n° 833.)

Vous êt's injust', monsieur notr' maîtr' d'école,
V'naient souvent m'dir' tout's les mamans.
A chacun' d'ell's j'répondais : vous êt's folle ;
J'sais mieux qu'vous m'ner ces garnemens.
Moi, mon système est d'n'aimer qu'l'injustice ;
Car, ma bonn' dam', je sais fort bien,
Qu'si l'on n'fait pas tout au gré d'son caprice,
L'on ne vient à bout de rien.

Air : *Faut pas vouloir en trop savoir.* (Cl. du Cav., n° 385.)

Toutes les scienc's physiques
Qu'vous enseignez ici,

Et les mathématiques
Vont trop bien , dieu merci.
Dans les étud's chimiques,
On a trop réussi.
Le roi de France,
De la science,
Pas plus que moi n'a de souci,
Ainsi qu'l'emp'reur d'Autriche,
D'tous les savans i' s'fiche.
Faut pas vouloir
En trop savoir.

Air : *Bonsoir , jusqu'au revoir , bonsoir.* (Cl. du Cav. , n° 66.)

Vous v'nez d'entendre ,
Vous d'vez comprendre;
Vous voyez qu'j'ai l'cœur tendre.
I' faut suspendre ,
J'm'en vas apprendre,
Encore un autr'discours.
Rapp'lez-vous bien toujours
C'te touchante homélie.
Bonsoir la compagnie ,
Bonsoir , jusqu'au revoir ,
Jusqu'au revoir,
Bonsoir.

DEUXIÈME DISCOURS.

———

Air : *Approchez tous, et que chacun écoute.* (Cl. du C., n° 736.)

Mes bons amis, quoique j'sache à merveille
Qu'l'air de c'pays tu' les mauvais sujets,
I' n's'ra pas dit que j's'rai v'nu z'à Marseille,
Sans vous toucher un p'tit mot d'mes projets :
   V'là que j'commence,
   Fait's donc silence,
   Vous allez voir
  Jusqu'où va mon savoir.

Air : *A coups d'pieds à coups d'poings.* (Cl. du Cav., n° 549.)

 Saint-Paul ou Saint-Jean nous a dit
Qu'dans son cœur le bon Dieu maudit
Ceux qui n's'aim'nt pas les uns les autres.
A tous ces marmots j'vous enjoins
D'donner égal'ment tous vos soins ;
  Et j'exige au moins
 Qu'à coups d'pieds, à coups d' poings,
Chacun d'eux apprenn' ses pat'nôtres.

Air : *Souvenez-vous-en.* (Cl. du Cav., n° 241.)

 C'que j'aurai sur vous appris,
 Faut qu'j'en rend' compte à Paris ;

Pour qu'ça soit satisfaisant,
    Souvenez-vous en ;   *(bis.)*
Un billet d'confession
Tiendra lieu d'instruction.

Air : *En vain notre siècle prétend.* (Cl. du Cav., n° 720.)

Quoiqu'on en dise, il est certain
Qu'on n'peut pas bien montrer l'latin,
    Si l'on n'aim' pas la messe ;
Et que l'plus sot, l'plus lourd butor,
S'il sait traduir' l'*Confiteor*,
    Peut instruir' la jeunesse.

Air : *Comme faisaient nos pères.* (Cl. du Cav., n° 255.)

Soyez monarchiqu's et dévots,
    Dévots et monarchiques ;
    Faut qu'les homm's politiques
Des capucins s'cond'nt les travaux.
    La grand' lumière
    Bless' la paupière :
    Ell' n'amus' guère
Ce bon Monsieur d'Corbière,
Qu'est, comme vous savez, l' président
Qui nous gouverne, en attendant
    L'heureux moment,
    Où r'prendront l'enseign'ment
Ces prêtres débonnaires
Qui fustigeaient nos pères,
Qui fustigeaient *(bis)* nos pères.

Air : *Ici je fonde une abbaye*. (Cl. du Cav , nº 512.)

C'qui doit vous amuser , c'est que
Maintenant qu'l'églis' reprend son bien ,
   Ça va t'êtr' Monsieur l'Archevêque
   Qui désormais s'ra votr' doyen.

Air : *O Filii et Filiæ*. (Cl. du Cav. , nº 412.)

D'main Monseigneur ici viendra ,
Avec honneur on le r'cevra ,
Et sur le champ on l'install'ra ;
    Alleluia!

Air : *Ah ! ça ira*. (Cl. du Cav. , nº 947.)

   Oui , vous serez surveillés ,
      Épiés ,
    Prenez-y bien garde ,
    Songez qu'on vous r'garde :
Monsieur l'Evéqu' punira ,
    Chassera
Ceux qui n'f'ront pas tout c'qu'on voudra.
Drès qu'votr' conduite l'content'ra ,
Sur l'bon rapport qu'il nous en f'ra ,
Sachez que p't'êtr' l'on vous donn'ra
    Un' écol' normale,
    Comme à la capitale,
J'n'y laiss'rons entrer que d'p'tits saints ,
   Qui , d'venus capucins,

S'cond'ront nos desseins.
Les Bernardins
Et les Bénédictins
R'paraîtront, j'espère,
En un tems plus prospère ;
Et, tout le bien que d'nous ils recevront,
Au centuple ils nous le rendront.

Air : *Arrangez-vous.* (Cl. du Cav., n° 1100.)

C'est en vain qu'chacun d'vous travaille,
Pour dev'nir un savant en *us* ;
Soyez certain q'g n'y aura d'médaille
Qu'pour ceux qu'achèt'ront des *agnus.*
Les autr's n'auront ni sou ni maille ;
Si donc vous voulez d'nos bijoux,
   Arrangez-vous.   (*bis.*)

Air : *Tout sera bientôt débité.* (Cl. du Cav., n° 862.)

Mais tous n'auront pas c'te faveur ;
Afin d'figurer sur la liste,
J'voulons qu'on prouv' que c'est d'bon cœur
Qu'on est et qu'on s'dit royaliste.
Foin d'ces gens qui s'tiennent prudemmént
A l'écart comm' des coqu'sigrues !
Pour augmenter notr' régiment,
Nous faut des gens qui fass'nt des r'crues.

Air : *Ah ! Que je sens d'impatience.* (Cl. du Cav., n° 19.)

Forcés de n'compter q'sur la messe ,
Les prêtr's vous en voulaient d'abord ;
Mais ils vont, grâce à notre sagesse,
Avec vous , vivre en bon accord.
 C'est par Monsieur Corbière
 Dont la France est si fière ,
Messieurs , que c'bienfait-là
  Vous arriv'ra.
  Ce brave homm' bisque ,
  Je l'sais bien , pisque
Y dit qui vous faut plus d'argent.
 Qu'il est obligeant ,
 Ferme , intelligent ,
 Clément , indulgent !
 I' s'rait affligeant
 D'voir qu'en l'négligeant ,
 Ou même en l'changeant ,
L'état s'privât d'un tel agent.
  Mesdames
  Vos femmes
L'taquinent , je l'parierais ;
  Le sage
  Craint l'mariage ;
Pour moi , j'vous l'défendrais ,
Oui, moi, j'vous l'défendrais. (*bis.*)

Air : *Chansonniers, mes confrères.* (Cl. du Cav., n° 352.)

Pour nourrir cette bande ,
Du pain ,
Du vin ,
Du poivre et d'la viande ,
C'nest pas tout c'qu'on vous d'mande ;
I' faut d'la soupe aux choux ,
Des ragoûts ,
Du sain-doux ,
Du sel roux
Et des tobinambous.
Quand on n'a pas deux sous ,
Pour ach'ter des carottes ,
Qu'vos pieds
D'souliers
Manqu'nt ainsi que d'bottes ,
Qu'vous n'avez plus d'culottes ,
D'bas, d'habits ni d'chapeau,
C'n'est pas beau, c'n'est pas beau, c'n'est pas beau.

Air : *Vaudeville du petit Courrier.* (Cl. du Cav., n° 875.)

Mais si j'pouvons r'prendre l' dessus ,
Et si j'voyons Monsieur d'Corbière
Agir toujours d'la même manière ,
En sûr'té j'vous promets d'z'écus.
J'ly vois tout l'budget dans sa manche ;
Alors y pleuv'ra des pensions :

C'bon tems où j'aurons notr' revanche,
Amis, i' faut que j'l'avancions.

Air : *Pardevant moi j'ai du comptant.* (Cl. du Cav., n° 928.)

Tous ces biens-là que j'vous promets,
N'y comptez pas, j'vous l'dis d'avance,
Si les libéraux peuv'nt jamais
Pour eux fair' pencher la balance.
Au lieu d'nous voir d'puissans seigneurs,
Avec des plac's et des honneurs,
Houspillés par les patriotes,
Nous n'serions plus qu'des *sans-culottes.*

Air : *Quoiqu' j'ayons un' bonn' tête.* (Cl. du Cav., n° 1283.)

Comm' j'ai fort bonn' mémoire,
Messieurs, j'veux choisir en passant
Dans l'cours de mon histoire,
Un petit trait bien intéressant :
Un grand d'Espagne
A sa campagne
Ne d'mand't-y pas que j'l'accompagne ?
Et dans les mains le v'la qu'y m'met
Pour l'instruir', son cadet,
Qui n'savait
Pas bien encor' son alphabet.
Pendant onze ans je fus l'valet
Du mioch', comme en Espagn' ça s'fait.

Jamais d'un pas i' n'me quittait ;
Nul que moi ne l'déshabillait ,
Ne l'peignait , ne l'débarbouillait ,
Et mêm' souvent ne l'décrottait.

Air: *Je reviens de la guerre, je m'en f....* (Cl. du C., nᵒ 1116.)

Comme l'jeune homme est riche ,
D'sa part
J'ai r'çu , dans une bourriche ,
Du lard.
J'espère
Avoir sucr' , champignons ,
Café , pomm's-de-terre ,
Beaux oignons
Et rognons.

Air : *Va-t'en voir s'ils viennent, Jean.* (Cl. du Cav. ; nᵒ 613.)

Vous voyez qu'on trouve en moi
L'meilleur des modèles ,
C'est ainsi qu'on fait au Roi
Des sujets fidèles.
Va-t-en voir s'ils viennent , Jean ,
Va-t-en voir s'ils viennent.

De l'Imprimerie d'Abel LANOE, rue de la Harpe;

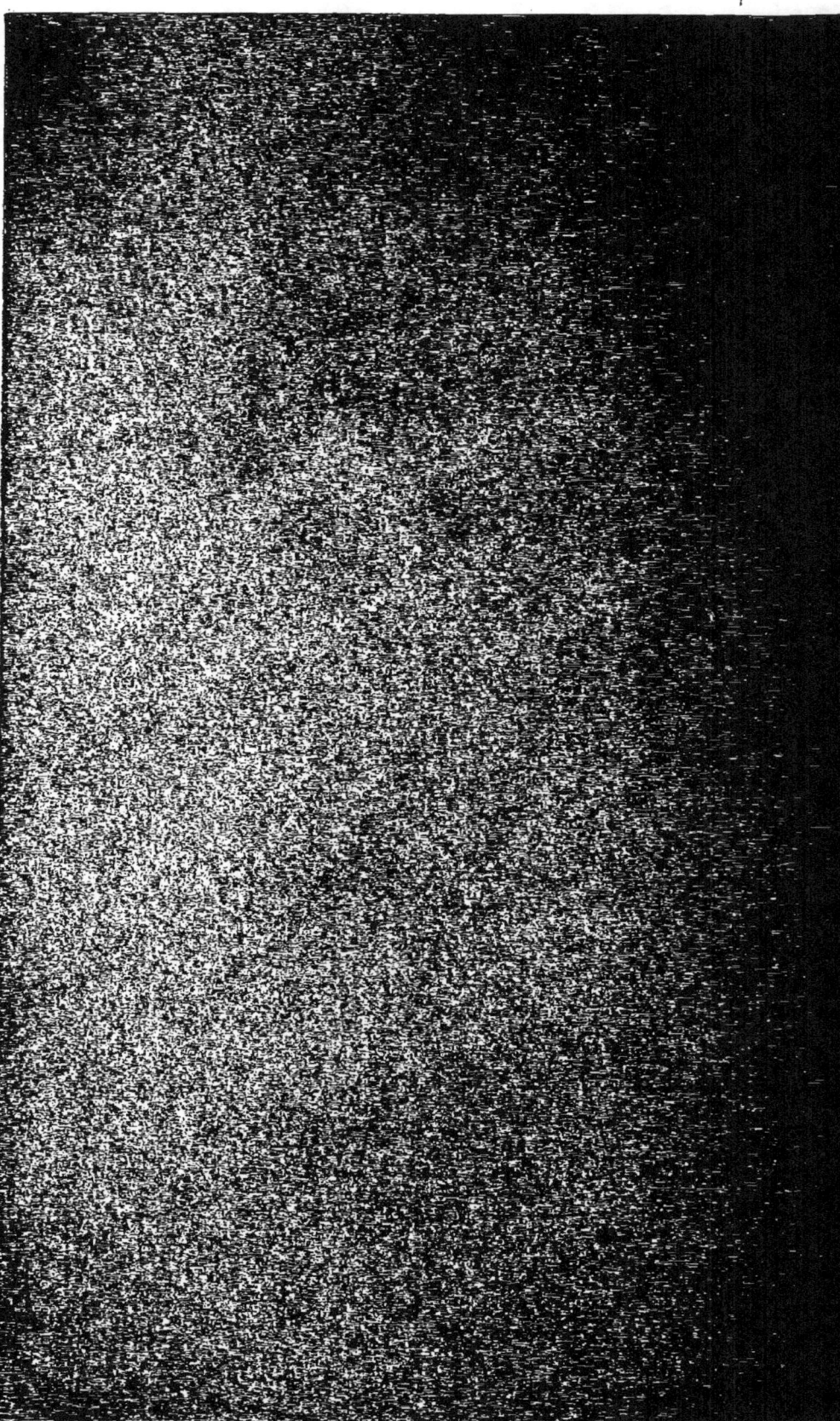

www.ingramcontent.com/pod-product-compliance
Lightning Source LLC
Chambersburg PA
CBHW061729180626
46818CB00006B/2535